Der Bücherbär

Mein LeseBilderbuch

In neuer Rechtschreibung

2. Auflage 2004

Einband und Innenillustrationen von Pia Eisenbarth
Gesamtherstellung: Westermann Druck Zwickau GmbH
ISBN 3-401-08291-4

Ingrid Kellner / Pia Eisenbarth

Victor, der mutige Vampir

EDITION BÜCHERBÄR

Mitten im  steht ein verfallener .

Dort wohnt Victor  mit Mama ,

Papa Bissig  und seiner Schwester

Fledermausi .

Sie sind .

Alle haben schwarze 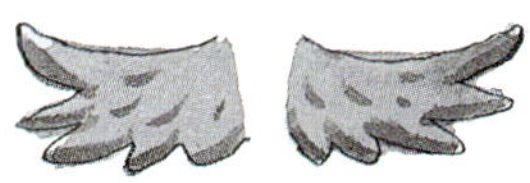,

spitze  und fürchten die .

Sie trinken gerne , nur  nicht.

Nicht einen 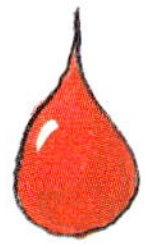 hat er jemals getrunken.

Gerade geht die  unter und der 

steigt auf über dem  .

Eine  ruft „Schuhuu!“.

Im  rührt sich was.

Der 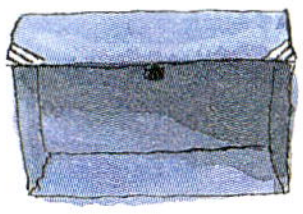 einer großen 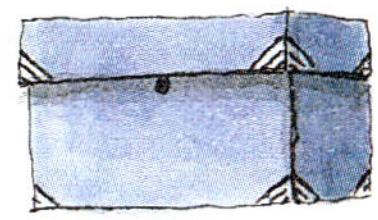 hebt sich

und  steigt heraus. Die 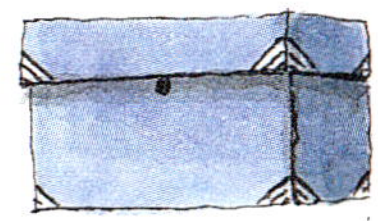

ist sein 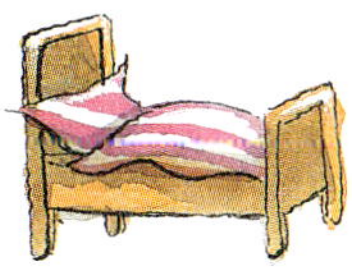 .

 und  liegen in einer alten

 und schnarchen.

 kriecht auch aus der 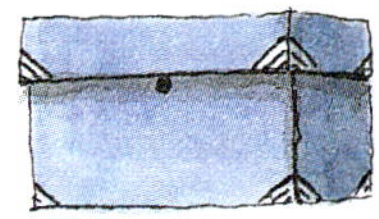 .

Sie beißt  in den großen 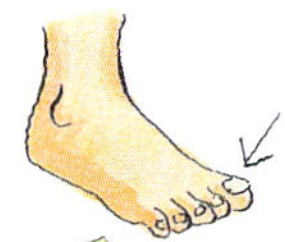 .

„Aufwachen!“, ruft sie. „Ich will  !“

„Im 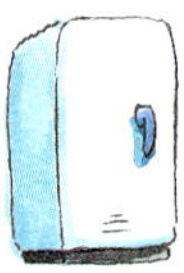 sind  “, brummt  .

Dann steht sie auf und macht  .

Es gibt 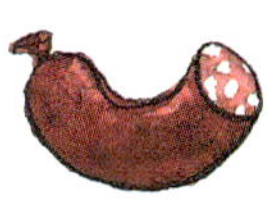 , verschimmeltes  ,

gegrillte  und für jeden ein

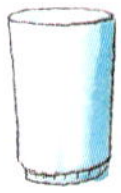 mit  .

„Lecker!“, lacht  und rülpst.

„Trink!“, sagt  zu . „Damit du groß und gefährlich wirst.“

Aber  ekelt sich. „Nein!“, ruft er.

„Du bist echt komisch“, kreischt .

„Trink wenigstens ein 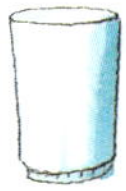 von dem  “,

meint  . „Das tut gut.“

„Uuaah!“, ruft  entsetzt. Er springt

zum 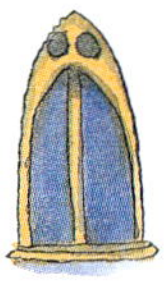 hinaus und fällt tief hinab.

Die  fängt ihn auf.  hat ganz

vergessen, dass er  hat.

„Wo willst du hin?“, fragt die  .

„Irgendwohin“, sagt  . „Dahin, wo man

kein  trinken muss.“ Dann fliegt er los.

Weit weg am  steht ein kleines

 . Dort lebt Lotte  bei ihrer Tante

Hedwig Nudel  .

 ist noch wach.

Sie sitzt im  am  .

Vor ihr steht ein  .

Das muss  austrinken, obwohl sie 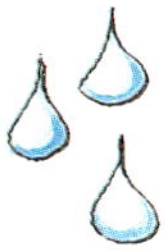

nicht ausstehen kann.

Aber  findet 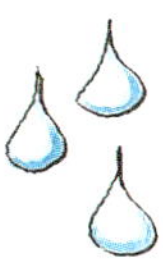 so gesund.

 schaut zum  hinaus.

Draußen fliegt eine riesige  .

Sie kommt immer näher und setzt sich aufs

 . Aber es ist gar keine  ,

es ist  .

 zittert. „Wer bist du?“, fragt sie.

„Ein  “, antwortet  .

„Aber ich bin nicht gefährlich.

Ich mag nämlich kein  .“

„Magst du vielleicht  ?“,

fragt  und zeigt auf das 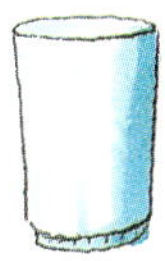 mit 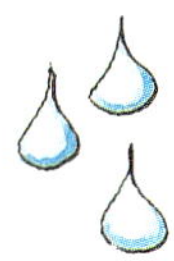 ,

das auf dem  steht.

 probiert.

„ 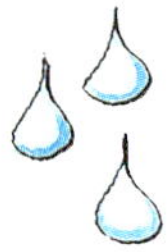 schmeckt wunderbar!“, sagt er

und trinkt das  aus. „Kann ich noch

mehr haben?“

„Komm mit in die  “, sagt  .

„Psst, leise!“

Lautlos schleichen sie zum 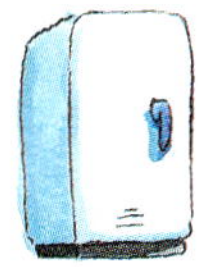 .

 trinkt zwei  aus.

Dann entdeckt er im  eine  .

„Riecht herrlich!“, sagt er.

 staunt: „  mögen doch

keinen  .“

„Ich schon“, sagt  .

„Du bist echt ein komischer  “,

wundert sich  .

„Das sagt meine Schwester  auch

immer“, grinst  und schnuppert

begeistert an dem  .

„Warte mal!“, sagt  und nimmt die 

aus der 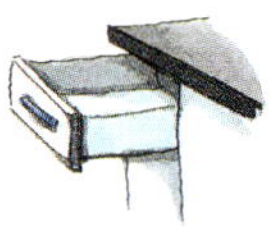 . Sie legt eine  hinein

und drückt fest zu.

 probiert und flippt fast aus.

„Das schmeckt viel besser als 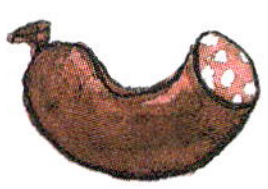 und

gegrillte  “, ruft er.

Da muss  laut lachen.

„, bist du das?“, ruft .

Sie sitzt nebenan vor dem .

„Ist die 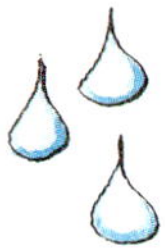 endlich weg?“

„Ja“, ruft . Die 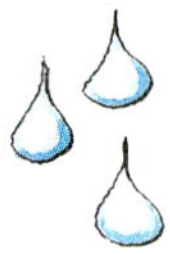 ist weg.“

„Gut“, sagt . „Dann lösch das 

und geh ins 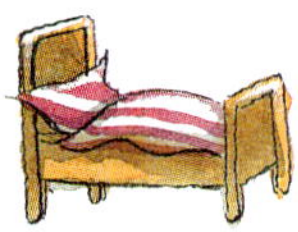!“

Aber  geht nicht ins 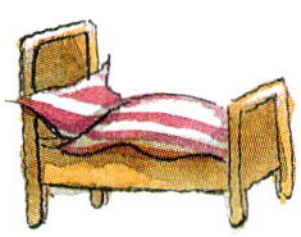.

Sie löscht nur das  in der .

Dann huscht sie mit  ins .

Der  scheint zum  herein.

„, zeig mir, wie du fliegst“, flüstert  sehnsüchtig.

Da breitet  seine 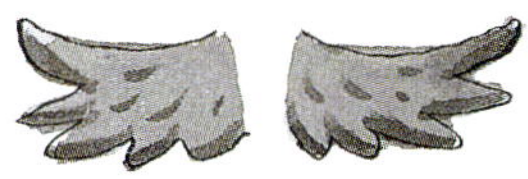 aus und schwebt durchs .

 seufzt: „Das möchte ich auch!“

„Komm!“, sagt  und klettert aufs

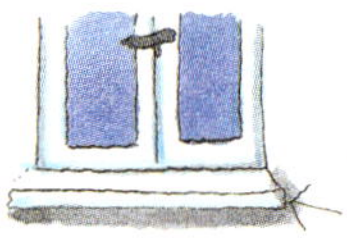 . „Halte dich einfach zwischen

meinen  fest!“

 tut es. Dann fliegen sie zusammen in die

 hinaus. Oben blinken die 

und unten die  der  .

Auf der 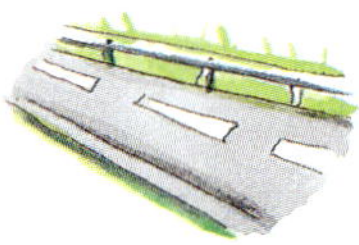 leuchten die 

von einem  .

Der  und die  sind

dunkel, der  auch.

Plötzlich fliegt die  neben ihnen.

„, pass auf!“, schuhut sie.

„Deine Schwester  sucht dich.“

„Na, und?“, sagt . „Soll sie doch.“

„Vielleicht beißt sie mich“, sagt .

Jetzt fliegt  schneller.

 dreht sich um.

Sie sieht eine riesige  näher

kommen.

„, ist das deine Schwester  ?“,

fragt  ängstlich.

„Verflixte 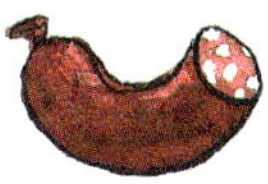!“, sagt  und zischt

so schnell wie eine  davon.

Der  braust um die 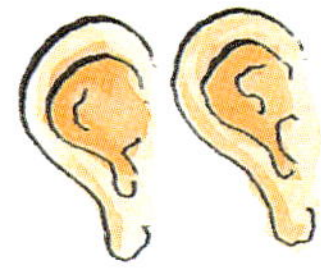 von

 und .

„Wir fliegen zum !“, ruft .

„Dort sind wir sicher.“

Auf dem  stehen ,

 und .

Normale  mögen keine .

Aber  findet sie schön.

Er ist eben kein normaler .

Über einem 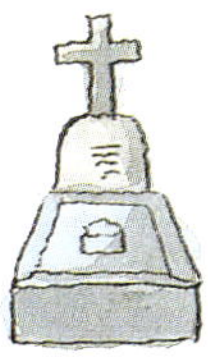 ohne  breitet ein

steinerner  seine 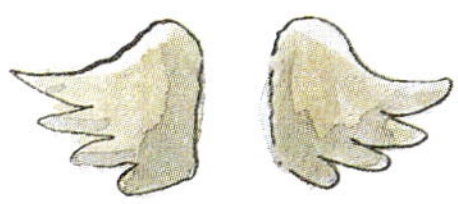 aus.

Dort landet .

 versteckt sich hinter den 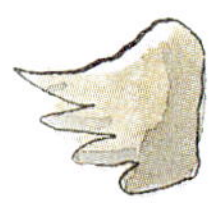 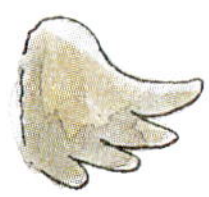 vom

 . Jetzt schwirrt  heran.

„Wo ist  ?“, schreit sie schrill. „Ich

möchte ihr  probieren.“

„Hau ab!“, ruft  .

„Das  von  kriegst du nicht.“

„Doch“, sagt .

Sie leckt mit der 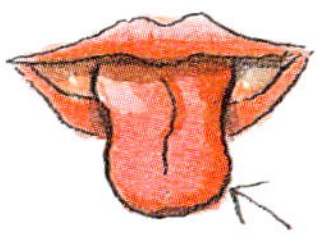 über ihre spitzen 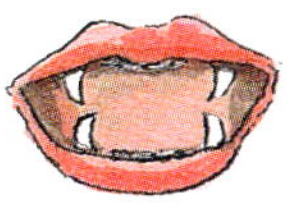. „Sicher schmeckt ihr  so süß wie .“

 hält ganz still. Aber plötzlich flattert etwas über ihrem . Es ist ein .

Da schreit  auf und springt hinter dem  hervor.

„Da ist sie“, kreischt  und stürzt

sich auf .

 will gerade zubeißen, da ruft :

„Lass das! Tu ihr nicht weh!“

 wehrt sich und schubst  weg.

Die stolpert und stößt mit der 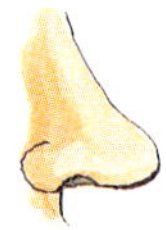 an den . „Aua!“, brüllt . „Meine 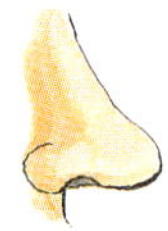 blutet.“

„Das sage ich  und !“

Beleidigt flattert sie zum  zurück.

 zittert. „Bitte, , bring mich schnell nach !“

Das tut  und bald landen sie auf dem  vom  .

 knipst die 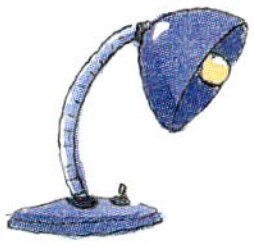 an und erschrickt

furchtbar. Auf ihrem 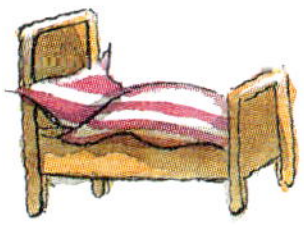 sitzen zwei

große  .

„Hallo,  !“, sagt  .

„Hallo,  ! Was wollt ihr denn hier?“

„Deine  holen“, grinst  .

 sagt: „Wir wollen ihr unseren

hübschen  zeigen. Komm doch

mit,  !“

„Nein, danke“, sagt  . Lieber nicht.

Es ist spät und ich muss ins 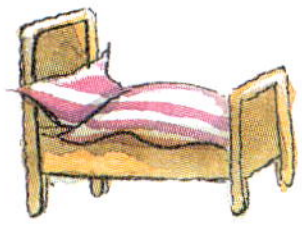 .“

Aber  und  packen 

bei den  und  und zerren sie

zum  hinaus.

 schreit laut, aber  hört nichts. Sie schnarcht vor dem . Die  fliegen mit  über den  bis zum verfallenen .

 ist verzweifelt. Gegen  und  kommt er alleine nicht an. Aber er will  unbedingt retten.

Da hat  eine ! Er holt aus der  den  und die .

Damit fliegt er schnell wie eine 

zurück zum  .

Als  zum 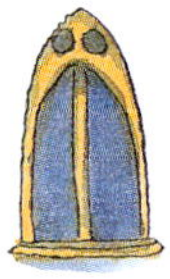 hineinzischt,

sieht er die  schon am 

sitzen, die arme  auch. Sie ist weiß wie

frischer 

.

„Mahlzeit!“, sagt  .

„Halt!“, schreit  und legt eine

 in die  .

Dann drückt er zu.

 zuckt sofort zurück.

„Das stinkt tödlich!“, brüllt .

Alle drei  husten und würgen

schrecklich.

Sie stürzen sich verzweifelt zum 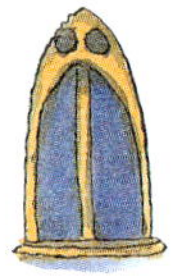

hinaus. „ , du hast mich gerettet“,

sagt  glücklich.

Draußen kräht ein .

„Schnell fort!“, ruft .

„Bald geht die  auf.“

Sie fliegen schnell zu  nach .

Als sie über der  sind, geht die

 über dem  auf.

„Oje“, sagt  und landet auf der

 .

„Ist es jetzt aus mit dir?“, fragt  ängstlich.

„Ja“, seufzt  und legt sich ins .

Dann schließt er die .

Da schwebt die  herbei.

„Es ist nicht aus!“, schuhut sie.

Die  scheint auf den  von . Er blinzelt und macht die  wieder auf. „Du lebst!“, ruft . „Juhu!“

„Schuhuu!“, lacht die  . „Die  hat

 so stark gemacht.“

 hat inzwischen ein großes  auf den

 gestellt. Und  darf es ganz

alleine austrinken.

Die Wörter zu den Bildern

Wald 

Turm 

Victor Bissig 

Mama Bissig 

Papa Bissig 

Fledermausi 

Vampire 

Flügel 

Zähne 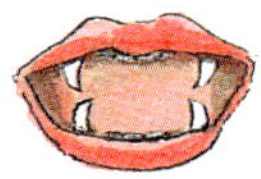

Sonne 

Blut 

Tropfen 

Mond 

Eule 

Deckel 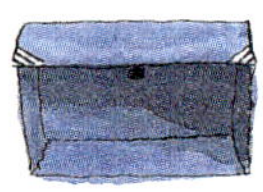

Schachtel 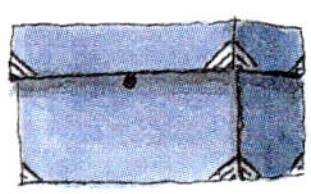

Bett 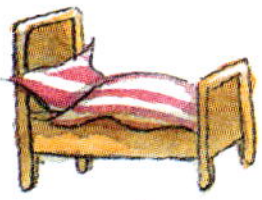

Truhe 

Zeh 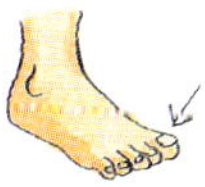

Kühlschrank 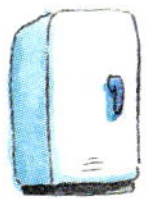

Blutkonserven 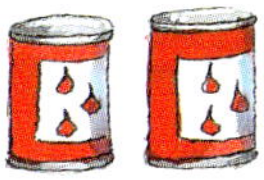

Frühstück 

Blutwurst 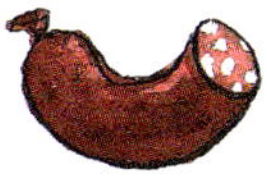

Brot 

Spinnen 

Glas 

Schneckensaft 

Turmfenster 

Waldrand 

Haus 

Lotte 

Lotte 

Hedwig Nudel 

Kinderzimmer 

Tisch 

Glas Milch 

Milch 

Fenster 

Fledermaus 

Fensterbrett 

Vampir 

Küche 

Tüten Milch 

Kühlschrankfach 

Knoblauchzehe 

Knoblauch 

Knoblauchpresse 

Schublade 

Fernseher 

Licht 

Nacht 

Sterne 

Häuser 

Straße 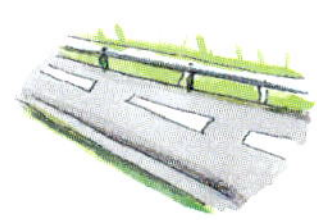

Scheinwerfer 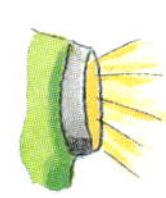

Auto 

Acker 

Wiese 

Rakete 

Wind 

Ohren 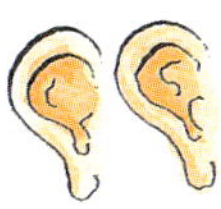

Friedhof 

Bäume 

Gräber 

Kreuze 

Grab 

Kreuz 

Engel 

Flügel 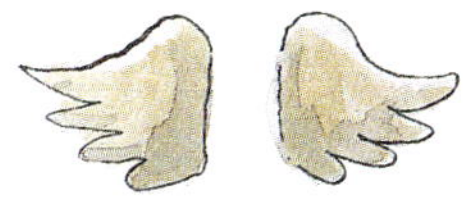

Zunge 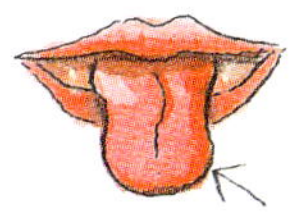

Himbeeren 

Gesicht 

Totenkopffalter 

Nase 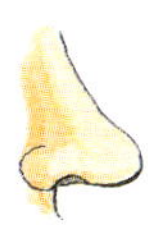

Nachttischlampe 

Arme 

Beine 

Idee 

Quark 

Hahn 

Gras 

Augen 

Kopf